Historias para no contar
De padres e hijos

Historias para no contar
De padres e hijos

Maite Pérez

www.librosenred.com

Dirección General: Marcelo Perazolo
Dirección de Contenidos: Ivana Basset
Diseño de cubierta: Daniela Ferrer
Diagramación de interiores: Julieta Lara Mariatti

Primera edición en español - Impresión bajo demanda

© LibrosEnRed, 2008
Una marca registrada de Amertown International S.A.

ISBN:978-1-59754-414-6

Para encargar más copias de este libro o conocer otros libros de esta colección visite www.librosenred.com

El hijo que nunca existió (Perséfone)

Si tú eres mi hombre, y yo tu mujer, donde quiera que estés, amor, contigo estaréééééé,

Puse en el tocadiscos a Jennifer Rush. La vida era maravillosa, y yo estaba embarazada...

Si tú eres mi hombre...

Él me quería, y aquel cariño nuestro, la pasión, daba su fruto: un hijo suyo y mío. Tendría que ser un buen elemento, necesariamente.

No hacía ni una hora que me habían dado los resultados del análisis y ya me podía imaginar perfectamente a nuestro hijo montando a caballo. Alto, largo como su padre, moreno, de ojos claros como yo, como toda mi familia. A mi madre también le gustaría, con seguridad.

Si tú eres mi hombre...

Me sentí contenta con mi cuerpo, más que nunca. Me miré en el espejo: un cuerpo esbelto, ágil, expresivo y fuerte. Fui quitándome la ropa poco a poco. Bailando, acariciando las partes que desnudaba.

... y yo tu mujer...

La excitación llegó también despacio, suavemente. Mi pecho estaba más fuerte, más terso y más caliente que nunca, y más hambriento.

Si Juan hubiera estado a punto de llegar, le habría esperado así, preparando mi cuerpo, preparándoselo para que fuera él quien lo disfrutara como tantas veces. Pero Juan tardaría tres días en volver, y esperar tanto sería un desperdicio.

No quería apresurarme, tenía la tarde para mí, para quererme. Para darme placer tal como Juan me había enseñado.

Y le habría gustado verme así, bailando desnuda, acariciándome los muslos, por dentro, hacia arriba, una y otra vez. Arañando con las uñas hasta llegar arriba, coger con las dos manos el sexo y abrirlo.

No era únicamente el calor de la excitación, era la preñez. De solo pensar que Juan me había preñado, me sentía más suya, para él, de él.

(Si soy de alguien es porque soy, y eso me basta.)

Tuya, Juan, tuya... Ahora más que nunca: suya.

Me masturbé delicadamente primero, desesperadamente después, escuchando la música.

... donde quiera que vayas...

Cuando el estallido hubo pasado, seguí escuchando la música, bailando, moviendo el culo.

... a tu lado estaréeee...

—¿Que estás qué? —me preguntó Margarita con cara de estupefacción.

—Preñada, mujer, preñada. Es algo natural ¿no?

—¿Y qué vas a hacer?

Me hizo la pregunta procurando que sonara aséptica, aunque no consiguió muy buenos resultados.

—Pues parir lo mejor que pueda cuando llegue el momento, ¿no?

Me miró asustada.

—¿Es que lo piensas tener?

Ni por un momento había pensado que pudiera ser de otra manera. Desde luego Margarita era imbécil, no había entendido nunca la relación que teníamos Juan y yo. Ni le gustaba Juan como hombre.

—Menudo chollo tiene este fulano contigo, yo no sé cómo le aguantas, ¿es que tiene poderes ocultos?, ¿folla muy bien?, mira que no tiene pinta —decía.

—¿Follar...?

Nunca hablaba con mis amigas de cómo o cuánto hacíamos el amor Juan y yo: todo el tiempo, de mil maneras distintas.

Juan era toda mi vida. Cuando estaba, porque estaba, y cuando no, porque yo le esperaba... él era mi hombre.

Dejé que Margarita siguiera hablando sin prestarle demasiada atención. Encendí un cigarrillo y lo fumé tranquilamente. Gustándolo. Me reí al pensar que hay mujeres que cuando están embarazadas no pueden fumar, y me acaricié la barriga.

—¿Cómo dices?

Si le hubiera puesto una pistola en la nunca, el gesto habría sido parecido.

—Que estoy embarazada —le contesté.

—¿Y qué piensas hacer?

No quise oírle, esa pregunta no era suya, no podía serlo.

—Juan, cariño —como si le suplicara.

Pero no iba a suplicar, no iba a pedir. No iba a hacer nada más que esperar a que él decidiera.

—Vamos a salir esta noche, ¿te apetece? —me dijo tranquilamente.

No entendí por qué cambiaba de tema.

—Creí que nos quedaríamos en casa. Hace tres días que no nos vemos... Mira qué bonitos se me han puesto los pechos.

—¿Te va una rayita?

Juan preguntaba algunas veces, pero simplemente porque era una persona muy educada, nada más.

Me la pasó sin darme tiempo a contestar.

—¿Me irá bien?

—Tú sabrás —dijo Juan con el gesto más inexpresivo que le había visto.

Y el disco seguía sonando.

... si tú eres mi hombre, y yo tu mujer...

Unas rayitas como tantas otras veces, unos canutitos, sexo y el amor más grande del mundo. Amor como el nuestro no existía.

Pero Juan estaba seco conmigo aquella noche. ¿No me quería?

—Juan, mi vida, te he echado mucho de menos.

Me acerqué a él. Frotando la cabeza contra su pecho, desabroché la camisa para meter allí la cara y poder olerle, besarle, aspirarle... como tantas veces.

—Ve a vestirte —me dijo.

Estaba prendida de él y él lo sabía. Era carne de su carne. Pura hembra para él, y le gustaba.

Buscó en el armario qué ponerse. Algo largo que llegara hasta las botas para no tener que llevar medias ni bragas. Era un juego que nos divertía a los dos. Salíamos a un sitio formal y exquisito, pedíamos lo que más nos gustara y nos dedicábamos a darle gusto al paladar, teniendo presente el sexo en nuestras bocas, sabiéndolo sin corsés, abierto y preparado.

Al día siguiente nos levantamos tarde, debían ser por lo menos las dos. Le desperté besándole en la nuca.

—Juan, cariño, es tarde.

La nuca, los hombros, la espalda, la cintura. Metí las manos por debajo de su culo hasta que se despertó.

—Me tengo que ir, ¿qué hora es? —preguntó sin mirarme.

—Las dos... y esto está muy bien...

—Voy a estar fuera casi un mes.

—¿Y eso? —me aparté— ¿Un mes sin estar juntos...?

No podía ser, era mucho tiempo. Aunque a lo mejor venía bien, podría aprovechar; un mes daría tiempo a todo, al aborto, a la recuperación... podría estar preparada para cuando volviera.

—Juan, te quiero, tú sabes que no puedo vivir sin ti.

—Y yo te quiero a ti, María, solo a ti —se levantó—. Quédate en la cama y descansa. Mañana te llamaré.

—La verdad es que tenías razón, esa gente funciona estupendamente. Fíjate que me lo hicieron ayer y hoy ya estoy como nueva.

—Ya te veo.

Margarita me escuchaba sin levantar los ojos del plato, le encantaba comer.

—Qué poco cariñosa estás conmigo, ¿me vas a acompañar a comprar ropa interior?

—Yo no uso —dijo—. ¿Qué anticonceptivos vas a tomar?

Ahora sí me miraba. A veces Margarita quería hacer de madre conmigo, y yo la dejaba si era cariñosa, pero como madre dominante no la soportaba.

—Ya sabes que Juan no quiere que tome nada, le gusta ser quien me controla.

—¿Y tu querido Juan conoce la existencia del condón?

Me reí. Juan decía que los hacían pequeños.

—Mira, Marga, hay cosas que no te puedo explicar, ni a ti ni a nadie. Pero mi relación con Juan es muy especial. No tiene nada que ver con la relación que tienen otras parejas. Él puede estar en cualquier parte del mundo y es como si estuviera aquí. Si está bien, yo estoy bien, y si a él le sucede algo, yo lo siento en mi propia carne.

—Ya, ya comprendo.

No comprendía, era imposible. Y a lo mejor yo no debía haber dicho nada, pero era mi amiga. Ahora estaba enfadada pero se le pasaría. En una semana volveríamos a comer juntas. Y ahora no tenía ganas de preocuparme por ella, iba a dedicarme solo a mí, a cuidarme, a cambiar un poco para cuando llegara Juan.

Iba a haber cambios en nuestra pareja, porque yo estaba cambiando, era evidente: siempre había sido Juan quien elegía mi ropa interior, pero ahora iba a hacerlo yo. Conocía muy bien sus gustos así que estaba segura de acertar. Podía imaginarle perfectamente viniendo hacia mí, con el deseo en la mirada. Juan era mi hombre, y yo su mujer.

MARGARITA

—¿Abortos? ¿Qué, habéis escrito un libro sobre abortos? —pregunta Arturo, señalando con el gesto el conocimiento absoluto que tiene sobre el tema.

Arturo Jimeno tiene ahora 70 años, y con ellos encima sigue resultando apetecible: alto, fornido, pelo abundante y completamente blanco, una esposa, múltiples amantes y aviador...

—Yo me acuerdo de Pedro... Pedro Valdivia, de Madrid. Un buen día vino a buscarnos a Salvador y a mí; Salva y yo éramos sus amigos, por eso vino a buscarnos, porque el chaval tenía un problema.

Arturo se acomoda mejor en el sillón y prende un cigarrillo con toda la parsimonia de la que es capaz. Sabe que nos interesa el tema, que vamos a escucharle, y a él le encanta disertar. Está de buen humor y puede empezar a pinchar.

"¿Queréis saber de abortos, vosotras, mujeres ignorantes, dos veces ignorantes: por el hecho de ser mujeres y por el hecho de ser jóvenes...? ¿Queréis saber de abortos?", parecía pensar.

—Ese Pedro Valdivia... ¿qué le pasó? —se impacienta Carmen.

—Bueno, pues, el pobre chaval tenía un problema. En aquella época yo conducía un Lamborgine.

Arturo hace una pausa para comprobar por nuestra expresión si conocemos bien (¡admiración absoluta!) lo que significa poseer un Lamborgine.

—Sí, un deportivo impresionante, vale, y el problema del tal Pedro Valdivia era que la novia había quedado embarazada...

—¿Y quería abortar? —vuelve a cortar Carmen.

Está nerviosa, escribir seis meses seguidos sobre el aborto la ha agotado, sobre todo porque necesita meterse en los personajes sobre los que escribe, y en este caso ha visto mucho sufrimiento. No está dispuesta a escuchar ninguna frivolidad sobre el tema. Arturo la conoce y se da cuenta, además de exhibicionista es inteligente.

—¿Abortar? —pregunta— No pudo ni planteárselo, la chica lo había contado en su casa y los padres estaban preparándolo todo para la boda, te estoy hablando de los cincuenta en España... Se casaron —continúa Arturo—; una boda íntima, bien preparado todo. Bueno, pues dejamos de ver a Pedrito casi siete meses... y claro, cuando vino a vernos, le preguntamos cómo le iba la vida de casado. ¡Y estaba hecho una mierda! Su mujer no había tenido que abortar, porque la chica nunca había estado embarazada. Sencillamente, le había engañado.

—¿Y qué hizo tu amigo?

—Nada, ¿qué iba a hacer el pobre chico? ¿Otro escándalo en la familia? No, eso no podía ser.

Es el momento de tomarse un vino relajón. Arturo comparte con nosotras su intimidad, así que no me cuesta encontrar los vasos y la botella.

Durante los últimos meses, tanto Carmen como yo habíamos generado mucha agresividad contra un tipo de hombres. Habíamos escuchado muchas historias a corazón abierto, habíamos tenido que buscar mucho entre las piernas de las mujeres y antes entre las nuestras.

Arturo era, con todo, un hombre bueno, por eso íbamos a verle.

—A mí el aborto me parece una cosa tremenda —decía en ese momento con aire ensimismado, como buceando en sus recuerdos—, y tener un hijo una cosa muy seria.

—¿Y tú no has tenido ningún percance? Con la vida tan activa que has llevado siempre...

—Bueno, sucedió lo de Marta y me di cuenta de que yo como hombre tenía una responsabilidad tremenda.

Marta había nacido de una condesa española, enamoradísima de Arturo.

Con no se sabe qué artimañas, había ocultado el embarazo y el parto al marido, porque la condesa estaba casada, y le entregó a su hija a Arturo después del nacimiento. Estupenda papeleta para un joven aristócrata de la España de los cincuenta. Así y todo, Arturo le dio a su hija lo que desde su perspectiva tenía que darle: sus apellidos por supuesto. La educación más exquisita, naturalmente. Y contacto y aceptación, forzada o no, por parte de la familia.

Y su esposa, cuando se casó, conoció y valoró lo que era Marta para su padre.

—¿Te operaste? —le pregunto a nuestro amigo con un vaso de vino en la mano.

—Sí, claro, me hice una vasectomía. Ya sabes que a mí los niños no me gustan.

—A ti sólo te gustan las niñas, ya lo sabemos —apostilla Carmen—, pero eres demasiado narciso para ser padre.

—Pues por eso, me hice una operación y en paz. Yo no iba a prescindir de las mujeres, a mí me divierte mucho el sexo.

Cuidado, Arturo, cuidado, no te adentres por terreno pantanoso, que Carmen ya se ha calmado, y si empiezas a esgrimir tus teorías sobre el para qué sirven las mujeres, podemos enzarzarnos y nos dan las tantas.

Pero Carmen ya se ha enganchado, no le entra directamente, pregunta.

—Oye, ¿qué tal van las cosas con tu nueva amante?

—No tan nueva, ya llevamos así más de un año.

—¿Y tu mujer ya la conoce?

—No, Ángela no está bien en este momento, es mejor que no sepa nada, no lo entendería.

Perfecto, ya le ha llevado donde quería. Y naturalmente ahora le cuenta que, según las últimas esta-
dísticas "llegadas de Estados Unidos, por supuesto",
la excusa más toooonta que ponen los hombres para
esconderle a sus mujeres que tienen otras relaciones es
"que ellas no lo entenderían".

—¿Y si esa chica se quedara embarazada? —pregunto para cortarles.

—Ya os digo que es imposible. Pero si lo que queréis
saber es qué haría yo si a una amiga le pasara algo así...
pues supongo que ayudarla en lo que necesitara.

—Pero ¿la llevarías a abortar o le dejarías dinero
para pagar el aborto?

—Sí, claro —contesta molesto por la insistencia—;
si ella me lo pidiese, la ayudaría. Los amigos estamos
para ayudarnos.

Esperábamos algo de Arturo, aunque no sabíamos
qué. A lo mejor solamente constatar una vez más que
la amistad entre hombres y mujeres es posible y gra-
tificante.

Ya cuando nos despedimos, Arturo coge a Carmen
por los hombros.

—¿Por qué te metes en estos berenjenales? ¿Por qué
no escribes historias de amor?

Carmen ni siquiera se irrita, y eso me asusta, algo le
está pasando.

—Historias de amor, de enamoramientos, de lo que
la gente entiende y quiere oír, de lo que a ti no te due-
la. ¿No te has visto cómo estás?

—Sí se ha visto, Arturo, déjala, que sabe lo que hace.

Caminamos por la calle Princesa, hacia Plaza España, en silencio. Madrid en octubre puede ser el paraíso y nosotras estábamos allí, formábamos parte de la película, del paisaje en que otros se retrataban. El movimiento de los coches y la gente que nos cruzamos me parecen como el fondo de las películas antiguas, de mentira.

Paso el brazo por los hombros de Carmen y la aprieto contra mí para seguir caminando mejor, más juntas.

La siento muy pequeña y me asusto, porque ella ha sido siempre la fuerte entre las dos, o al menos ese era el papel que yo más le conocía.

Teníamos que entregar nuestro trabajo aquella tarde y en seis meses estaría en la calle, en cualquier librería, en cualquier quiosco, al alcance de cualquier persona que lo quisiera leer.

—Carmen, ¿hacemos un cigarrito?

Muchas mañanas el otoño madrileño nos había visto allí, como ahora, haciendo un alto en la jornada de trabajo para respirar, fumarnos un cigarrito, mirar a la gente, sonreír, estirar las piernas y charlar.

Pero Carmen no contesta, pregunta:

—¿Lo llevas ahí?

El original de nuestro libro, en la cartera. Instintivamente lo apreté contra mi cuerpo, como si quisiera defenderlo de una agresión.

—Sí, lo he traído para poder entregarlo esta tarde, pensé que comeríamos juntas después de ver a Arturo.

Tiene los ojos fríos y decididos, y ahora me parece más fuerte que nunca. ¿Cómo era posible que la misma persona fuera tan fuerte y tan frágil a la vez?

—¿Y si yo te dijera que no quiero entregarlo, que prefiero quemarlo?

—Yo te recordaría que son seis meses de trabajo.

—Y de vida, ¿no es verdad?

—De vida o de muerte, eso depende de cada una. Lo que sí es cierto es que es tiempo, una porción del que tenemos lo hemos gastado en contar.

—En contar cuentos —me cortó.

—Bueno, en contar cuentos, ¿y qué?, ese es nuestro oficio.

—Hoy no quiero discutir. No tengo ganas de nada.

—Carmen, ¿tienes ganas de abortar?

Ahí cambió su forma de mirarme, incluso sonrió con complicidad.

—De abortar nunca se tienen ganas, lo sabes tan bien como yo. Solo es que estoy asustada, nada más. Tu plan me parece estupendo. Me estaba acordando de Lucía —sonrió.

Lucía era una amiga de las dos, que, cuando la llevaron a la clínica para dar a luz, estaba tan asustada que se puso a correr por los pasillos gritando que no quería parir.

—¿Qué nombre le puso a la niña?

—Margarita, la niña se llama Margarita.

Los cinco sentidos

—Buenas tardes a todos. Mira a los alumnos, los sonríe, los tranquiliza—Mirarlos, sonreírles, tranquilizarlos—. Me llamo Marta Candela y soy la directora del curso que vais a comenzar. —Todas las plazas ocupadas, el material perfectamente colocado en las mesas, la azafata al fondo dispuesta para atender cualquier eventualidad que surgiera con los alumnos—. Vuestro profesor será José Luis Crespo, economista y abogado. —Muy bien José Luis, vestido con traje y corbata, grandullón, atractivo, seductor.

—Quiero daros la bienvenida en nuestro nombre, en el de la señorita Lorena que estará pendiente de cuanto podáis necesitar. —Sonrisa de la azafata a los alumnos, miradas hacia ella—. Y en nombre, también, de la Caja de Ahorros, que ha puesto sus instalaciones a vuestra disposición.

—En este curso vamos a aprender contabilidad y financiación. —Pausa—. Aprenderéis a llevar vuestras empresas teniendo en cuenta los datos que vosotros mismos elaboraréis. Y todo ello tranquilamente. De la mano del profesor. Paso a paso, porque tendremos tiempo para todo... Y cuando quieras, José Luis, empezamos.

Y José Luis empezó a explicarles el material que tenían encima de la mesa.

—A vuestra derecha tenéis un pequeño libro amarillo, como éste —y lo mostraba levantándolo con la mano derecha. —Preciosos gemelos llevaba ese día.

—Abridlo —continuó— por la página uno. —y la azafata buscaba esa página a los "menos rápidos", con una sonrisa tranquilizadora.

Se había formado un buen grupo, la *crème* de la *crème* de la zona. La mayoría empresarios pequeños y medianos, gente importante en sus pueblos que arrastraría detrás a los demás. Cuarenta años de edad media, asustados a la hora de aprender, buena gente.

Marta quería quedarse con la imagen de aquel grupo bien grabada en la memoria. Era su último grupo de trabajo después de muchos años. Cuando José Luis terminara de dar la clase y comentaran los resultados, ella se marcharía.

Cuatro años viajando de pueblo en pueblo, viviendo en hoteles y teniendo que estar siempre acompañada la habían saturado. El trabajo en sí era estupendo, le gustaba y estaba muy bien pagado, pero ahora que iba a ser madre quería vivir de otra manera.

Caían chuzos cuando José Luis la acompañó hasta el coche.

—¿No sería mejor que te quedaras a dormir? Mira la que está cayendo.

Cariñoso como siempre, contento porque estaba trabajando bien. Habían pasado mucho tiempo juntos y ella había gastado muchas horas en escucharle, en animarle y en potenciarle. "Es un buen hombre", pensaba Marta.

—Ya veo que estás decidida, así que no insisto. Avísame cuando vayas a la clínica y acuérdate de llevar la camisa de Bruno.

Era el regalo que había buscado para su hijo: una camisa blanca, de batista finísima con su nombre bordado a mano con hilo de seda también blanco. Así era aquel amigo que ella tenía.

Apretó el barrigón contra él para abrazarle fuerte, fuerte, mientras él seguía sosteniendo el paraguas para protegerla de la lluvia.

—Cuídate mucho, descansa, no ligues con las alumnas y ¡pásalo muy bien!

Lo último que le oyó decir, ya con el coche en marcha, fue que le avisara, que le avisara cuando se fuera a la clínica.

Las condiciones de la carretera dejaban mucho que desear. Curvas y desniveles como siempre, pero ahora había que adivinarlos porque no se veía.

Los cinco sentidos en la conducción, marchas cortas, un pie en el embrague y otro en el acelerador. Primera y segunda. Solo en un pequeño tramo pudo poner la tercera, para volver a reducir. No podía parar el coche ni dar la vuelta porque no veía los márgenes de la carretera, y tenía que salir de allí. Se acarició la barriga que tocaba el volante.

"Tranquilo, hijo, tranquilo. Vamos a salir de aquí. No pasa nada".

Había que seguir adelante, despacio, con cuidado. Dejándose llevar por la intuición más que por la visión.

"Tranquilo, hijo, tranquilo. Enseguida vamos a llegar a casa". Aunque hablaba con él, su mente, sus cinco sentidos, estaban puestos en la ruta.

Y de repente vio la claridad, la luz que se acercaba inexorablemente. No pudo hacer nada más que pararse, aceptar que podía suceder cualquier cosa. El camión también debió parar en el último momento, porque vio el morro pegado al de su coche. Abrió la portezuela y salió del vehículo. El conductor del camión debía haberse asustado y era peligroso quedarse allí.

La barriga primero, detrás ella.

—¿Les ha pasado algo?

Eran dos hombres. Uno se acercaba, el otro se cubría la cara con las manos, en la cabina del camión.

—Nosotros estamos bien, solo el susto. ¿Usted va sola?

Sonrió tocándose la barriga, ya nunca estaría sola.

—Sí, pero no se preocupe, estoy bien. Es que tengo que llegar a casa sin falta.

—Pues no sé si podrá. La presa de Tous ha estallado. Hay inundaciones por todas partes —advirtió el hombre.

—No se preocupe, llegaré bien. Pero no se muevan hasta que yo haya pasado, así me servirán de referencia. A ustedes les quedan cinco kilómetros nada más para llegar a zona civilizada.

Se metió en el coche y vio al hombre indeciso. Debía haberle impresionado el barrigón.

Se acercó y Marta tuvo que bajar la ventanilla para oírle. Estaba empapado.

—¿No quiere que yo le saque el coche?

Pobre hombre. Seguramente se habría sentido mucho mejor si le hubiera dejado ayudarla. Pero ¿qué podía hacer por ella?

—Gracias, muy amable, pero no hace falta, conozco muy bien la carretera.

Marcha atrás, muy despacio, punto muerto, primera y enseguida segunda para bordear el camión. Adelante, otra vez adelante. "Ya está, ¿ves, cariño? No ha pasado nada".

"Así que la presa ha estallado", pensó Marta. Aquella zona estaba siendo castigada duramente en los últimos años: inundaciones, pedrisco, y ahora la presa que estallaba. Una desgracia cada invierno. ¿Por qué seguía viviendo allí? Podría haber elegido cualquier parte del mundo, ¿por qué aquel pueblo precisamente? Por nada, porque sí. Sin familia en ningún lugar, allí se sentía bien.

Sintió ganas de llegar a casa. Se rió. Pensó en una cinta que llevaba en el coche. Vangelis, "El mar". ¿Ponerla para que Bruno estuviera tranquilo?

"Bruno, cariño, tranquilo, te quiero...". No, no le hacía falta la música, ella estaba al tanto de todo, y con los cinco sentidos en la carretera. Había tramos en que se veía mejor, cuando los relámpagos iluminaban el camino, pero no eran muchos.

Cuando la lluvia amainaba, se podía ver en el suelo la riada que lo cubría. En otros tramos también había barro, formado por los desprendimientos de la montaña y el agua. Pero, como siempre sucede, todo lo que empieza termina. "¿Ves, cariño? Ya estamos saliendo a zona iluminada".

Tres kilómetros de carretera asfaltada y cogería la autopista. El Control de Salida estaba en alarma y le dieron noticias de cómo estaba la situación: las lluvias seguían siendo torrenciales, una presa había estallado, había inundaciones en varios pueblos y Protección Civil recomendaba a los ciudadanos que permanecieran en sus casas.

Desde luego, no se veía ningún coche y el cielo parecía haber bajado para ver más de cerca los estragos que la lluvia estaba causando.

Le insistieron para que esperara en sus oficinas a que pasara el peligro, pero solo quedaban 30 kilómetros de autopista y si ya había hecho lo peor, bien podía seguir hasta su casa.

En el último tramo del viaje, más tranquilo, le cantaba bobadas, bromeaba con él, era su compinche y sobre todo era su queridísimo hijo. No conseguía imaginar que se pudiera querer más de lo que ella

quería a Bruno. Ahora sí podía poner música, Vangelis. Estaba contenta y Bruno también, lo sabía.
Había tramos de autopista con más de una cuarta de
agua, no se veía ningún otro coche y no importaba.
Podía hacer aquel recorrido con los ojos cerrados, no
había peligro y Bruno estaría con ella, y fuera de ella
dentro de muy pocos días.

Si alguien le hubiera preguntado si existía la felicidad, Marta habría dicho que sí, que existía, que ella la
había atrapado entre sus brazos. Incluso físicamente
estaba mejor que nunca, más hermosa, más genero-
sa, más eficaz. Trabajaba 10 horas diarias y recarga-
ba energías constantemente. Tenía muy claro lo que
quería. ¿Era eso la felicidad, saber lo que uno quiere
hacer en sus próximos años de vida?

Para ella era la base, porque lo que iba a vivir, lo que
estaba viviendo la llenaba de ilusión. El primer año
de vida de Bruno iba a estar con él para cuidarle, para
conocerle y sobre todo para quererle.

En aquel pequeño pueblo en que vivía, se había
hecho su lugar. Y aunque no era uno de ellos, se la
respetaba por su forma de ser. Los niños de su calle
iban a verla con frecuencia, sobre todo Paco, un pe-
lirrojo de 9 años, lleno de curiosidad y furia hacia la
vida, lleno de pasión.

—¿Sabes una cosa? —le había dicho a Paco— Me
gustaría que Bruno se pareciera a ti.

Era una curiosa relación la que habían conseguido.
Cada vez que Paco tenía un percance y ella estaba en

casa, la buscaba para que le curara. La última vez, con el monopatín que estaba aprendiendo a manejar con su amigo Dani.

—¡Se hace el chulo porque ha aprendido antes que yo!

—Él se hace el chulo, y tú quieres hacer lo mismo que él, y todavía es pronto. Tienes que practicar mucho más, y sin prisa.

—Te juro, Marta, que en cuanto me cures salgo y le parto la cara.

—¿Por qué, porque tiene más práctica que tú? No, hombre, es mejor que hagáis un campeonato, y que tú practiques más. Yo me encargo de preparar las copas para el primero y el segundo. Anda, sal a buscarle y dile que venga, que necesito hablar con él.

—¿Y cuándo hacemos el campeonato, antes o después de que nazca Bruno?

—Tendrá que ser después porque faltan solo dos semanas y tú tienes mucho que practicar. Si te parece, podemos hacerlo cuando Bruno cumpla una semana, así podrás brindarle la victoria. ¿Cómo lo ves?

Y Paco lo veía bien, porque ya era amigo de Bruno.

Su pueblo estaba a oscuras, escondiendo la empinada silueta que a tantos turistas encandilaba hasta hacer que se quedaran allí. En algunas casas se veía la claridad dispersa de las velas.

Era una visión del lugar distinta a la habitual, fantasmagórica: impresionante por lo engañosa. Era y estaba donde estaba siempre, sin embargo no se veía.

Hizo la subida hacia su casa muy despacio. Curvas muy pronunciadas, cuestas elevadísimas y el agua bajando por ellas hasta el mar.

La última cuesta tendría que subirla andando, aquel tramo tenía el suelo empedrado y el coche no podría agarrarse con la cantidad de agua que caía.

¿Tenía las llaves de casa? Sí, en el bolsillo. ¿El mechero a mano para encender la chimenea? También...

"Bueno, Bruno, hemos llegado". Se tapó la cabeza y todo lo que pudo con el mantón. Salió del coche sin mirar, pensando en la chimenea que iba a encender, en la vida que empezaba para ella y en que a veces las cosas que no se ven están. Y no vio lo que se le venía encima.

Quiso mojarse las manos en el agua que corría cuesta abajo. Sintió el líquido en sus manos, luego un golpe seco y profundo en la barriga, un fortísimo dolor en la espalda, nada más. No vio a Paco y a Dani jugando en la tormenta y con la lluvia, compitiendo con los monopatines para ver quién bajaba la cuesta de la calle a más velocidad.

Paco tuvo su primer hijo a los 20 años y le puso Bruno como nombre en recuerdo de su amiga Marta, una mujer mucho mayor que él a la que había querido con toda su alma, a la que había matado, sin querer, en aquel desgraciado accidente, cuando lo de la presa de Tous.

Sala de maternidad

Estoy en un hospital público. En una habitación pintada con tonos ocres, tiene dos camas. Una la ocupo yo y la otra está vacía.

Estoy aquí porque ha comenzado un aborto. Ha comenzado, como si no tuviera que ver conmigo. Ha comenzado en mi cuerpo, y ahora lo siento como si no fuera mío.

El aborto empezó anoche, en casa. Estaba embarazada solo de un mes y medio. Un hijo más que aunque no venía bien me estaba calentando el cuerpo. Empezó el aborto anoche, un poco de sangre, muy poco. Lo noté solo al limpiarme, luego por la mañana, al levantarme, cuando fui a despertar a los niños, empezó la hemorragia fuerte. Me caía la sangre entre las piernas como cuando rompes aguas porque vas a parir, y el agua es caliente, y no deja de salir... y es como si te hicieras pis, calentito, y no acaba nunca.

Esta mañana era sangre, caliente también como las aguas, pero paró pronto, y de golpe. Y el dolor muy fuerte, en los ovarios. Como una regla de esas duras. Y el dolor es afilado, en los dos lados del vientre.

Antonio vino en mi ayuda y se encargó de la intendencia mientras yo me lavaba, para poder traerme al hospital sin que los niños se asustaran.

Sabía que no había prisa por venir. La hemorragia había parado, así que no era necesario correr. Había que venir, eso sí, antes de la noche, por si había alguna complicación y, en ese caso, no hacerlo todo deprisa y corriendo. Pero me costó venir, me costó.

Tenía miedo. Tenía ganas de cerrar las piernas, de cruzarlas, de apretarlas para que nada saliera y nada volviera a entrar. Y nunca más, nunca más...

El dolor me doblaba cuando llegamos al hospital. Fue gracioso, fue gracioso. Había una ventanilla y una mujer detrás preguntando nombre, apellidos y...

—¿Qué le pasa?

—Que estoy abortando —le dije, sujetándome la barriga porque el dolor era muy fuerte en ese momento.

Me dio el papel para que firmara y me dijo que esperara, que me iban a llamar. Así que me agarré la barriga y me senté, y me levanté, y salí fuera, y volví a entrar, y sentía el dolor fuerte, y luego se iba. Sentía cómo la compresa se empapaba. Pero al cabo de un rato me llamaron.

A Antonio le dijeron que esperara, que no podía pasar. Yo pasé, claro, detrás de un celador. Era un pasillo inmenso, y el celador me entregó a una enfermera y la enfermera me dijo que aguardara en una salita hasta que llegaron otras tres personas. Ya con todo el grupo nos llevó hasta un cruce de pasillos, allí a unos los mandó hacia un lado y a otra mujer y a mí nos llevó con ella hacia la izquierda. En el siguiente cruce dejó a la otra mujer y me llevó a mí sola. Enseguida entró por una puerta y me dijo que esperara, que yo no podía entrar. El dolor en ese momento era tan requetejodido que habría querido gritar, pero no servía de nada, luego se iba a pasar.

Y al cabo de un rato salió la enfermera y me acompañó por otro pasillo. Debió fijarse en que me agarraba mucho la barriga porque me dijo que me sentara en una silla, que enseguida vendría un médico. Y fue verdad, enseguida, al cabo de un cuarto de hora, apareció.

Era un médico, llevaba bata blanca, no tenía más de 30 años. Su aspecto físico era como el proyecto de un Frankenstein pero imberbe. Y me preguntó si me pasaba algo.

Y, claro, le contesté que sí, que me pasaba, que estaba abortando. Y él me dijo si no me importaba esperar un rato, porque justo cuando le habían avisado él se iba a duchar. Y le dije que no, que claro, que no me importaba, que yo podía esperar. Me aseguró que en veinte minutos estaría de vuelta, y se marchó. Se marchó.

Ayer ingresé en este hospital de la sanidad pública, y aquí sigo estando hoy. Aunque tardé en dormirme y llegó un momento en que pensé que no podría hacerlo en toda la noche, el cansancio me pudo y me arropó el cuerpo.

He descansado. Al principio tenía frío y luego mi propio cuerpo fue generando el calor suficiente para que pudiera dormirme. Y he descansado.

A las siete de la mañana vino una enfermera. Creo recordar, aunque un poco en nebulosa, que me puso un termómetro, y ya estuve despierta, pero caliente y con sensación de haber descansado.

Al cabo de un rato vino otra enfermera a alegrarme la vida diciéndome si quería desayunar. Y yo claro que quería, tenía hambre. Tenía hambre. Enseguida me trajo una bandeja con un café con leche caliente y una tostada de pan, con mantequilla y mermelada. Que si quería desayunar. Claro que quería.

Me senté en la cama, abrí el paquete de mantequilla, la puse toda en la tostada, preparé la mermelada para ponerla encima. El café con leche estaba caliente. No había comido nada desde el día anterior. Me sentía incluso con un poco de buen humor.

La tostada estaba crujiente, y cuando la iba a comer entró otra enfermera para decirme que no, que era un error, que no podía desayunar porque tenían que hacerme otro análisis de sangre y tenía que estar en ayunas. Le dije que ya me habían hecho un análisis la noche anterior, pero me dijo que no importaba, que ahora me harían otro distinto, pero que no me preocupara porque después podría tomarme el café con leche, y lo dejó en la mesita, no lo retiró.

Me levanté de la cama, me cepillé los dientes, me peiné, me lavé y me lavé… Salí al "pasillo de los padres", porque la planta donde me habían puesto era la de maternidad. Y debe ser que Ginecología y Maternidad lo tienen todo junto, es para tratar a las mujeres. Me cago en su puta madre. Para tratar a las mujeres.

En la habitación en la que estoy, una mujer que está abortando lo primero que ve al entrar es un cartel, un cartel grande y moderno que dice:

CONSEJOS IMPORTANTES PARA
CUIDAR A TU HIJO
Ponle al pecho lo antes posible después del
nacimiento.
Dale de mamar cuando lo pida.
Los recién nacidos amamantados
correctamente no necesitan ni agua ni suero
glucosado de forma rutinaria.
Trata de que no le toquen otras personas.
No permitas en la habitación más de una
visita por vez.
El hospital no es el sitio para visitas sociales.
Tú y tu hijo necesitáis descansar.

Aquí traen a las mujeres que abortan. Y a las que paren. Todo ello es cosa de mujeres.

Bueno, pues me fui a la sala de padres a fumar un cigarrillo. Y me lo fumé, y volví a la habitación. El dolor, que había descansado durante la noche, empezaba a hacer su aparición otra vez. Allí abajo, fuerte, fuerte. Pero casi no sangraba.

Apareció otra enfermera con el cacharro de tomar la tensión.

—Túmbate, es mejor hacerlo tumbada.

El café con leche seguía en la mesita de noche. Ya debía estar helado, pero me gustaba ver comida allí. No sentía hambre, pero me gustaba ver el café con leche. Además lo recordaba cuando lo habían entrado, caliente.

Cuando terminó de tomarme la tensión, me dijo:

—Siempre la tienes un poco baja ¿verdad?

—Sí, siempre la tengo un poco baja.

—Ah, puedes desayunar, porque no hace falta hacerte otro análisis, con el de anoche es suficiente.

Me levanté, quise fumarme otro cigarrillo antes de desayunar. Volví a la habitación, puse mermelada encima del pan, y me lo comí todo. Estaba frío, incluso la tostada, pero me lo comí todo. Todo. Volví a salir, fui al puesto de las enfermeras para preguntar.

—¿Me pueden decir qué es lo que tengo que esperar ahora?

Me dijeron que tenía que aguardar porque vendrían a hacerme una ecografía. Y me preguntaron por qué lo quería saber. Y les expliqué que para poder organizarme, que tenía un trabajo y unos hijos que atender.

Y se rieron. Había dos. Me dijeron que no me preocupara porque, desde luego, toda la mañana estaría allí, y todo el día, y también dormiría en el hospital. Era gracioso porque hablaban de aquello conmigo, y hablaban de mí y de lo que iba a hacer yo como si fuera lo más natural del mundo.

Les pregunté cuándo iba a venir el médico y cuál era el nombre del que me había atendido por la noche. Y me dijeron que el de la noche se llamaba Carrasco. Aquel desgraciado que me había metido el espéculo o como se llame casi con brutalidad era Carrasco. ¿Casi con brutalidad? No, sin "casi". Yo tenía el vientre adolorido, tenía el cuerpo adolorido y aquel bestia había sido brutal. Se llamaba Carrasco.

No, no era el que me vendría a ver por la mañana. El de la mañana se llamaba doctor Prat, y era el Jefe de Servicio. Pero luego me vería otro distinto que se apellidaba Martínez. ¿Y luego quién más me iba a ver? ¿Y a verme para qué? ¿Qué querían hacer? Yo estaba abortando.

Quería terminar la historia, terminarla, irme a mi casa. Cerrar las puertas, cerrar las piernas, y nunca más. Nunca más, nunca más, nunca más…

Al cabo de una hora vino un celador a buscarme para bajar a otra planta y hacerme una ecografía. Otra mujer de la habitación de al lado que nos acompañaba le decía al celador que se diera prisa por favor, que no podía contener más la orina. Le habían dicho que bebiera mucho líquido, lo había hecho, y la pobre se estaba meando. Bajamos las escaleras hasta la otra planta. Íbamos las dos deprisa, la otra mujer un poco más nerviosa; yo ya estaba más tranquila, como si de repente se me hubieran convertido el cuerpo y la mente en puro corcho. El último coágulo había quedado en el *water*. Y aquel pequeño bulto blanquecino también. Un bulto blanquecino, como el hígado de bacalao. Yo había llamado a la enfermera para que lo viera y ella me había dicho que era mejor que lo mirara el médico, había ido al lado para buscarle pero al cabo de unos minutos había vuelto para decir que no hacía falta.

Tiró de la cadena y yo vi cómo se iba por el *water* el último coágulo de sangre y aquel pequeño bulto blanquecino, con una pielcita recubriéndolo.

Le pregunté a la enfermera qué podía ser aquello y me dijo muy seria que nada, que sería un pólipo, ¿un pólipo? Pero el celador nos llevó a la planta de abajo para que nos hicieran una ecografía. Había mucha gente esperando. Me encontré con una mujer conocida.

—¿Qué haces aquí? —me preguntó.

—Ya ves, tengo un aborto.

Ella había abortado, me dijo, hacía tres años. Luego había tenido un hijo hermosísimo, así que no debía preocuparme.

Le conté lo que había ido saliendo entre mis piernas.

—Pero entonces ya lo has tenido.

Yo me tocaba la barriga, no sabía por qué. Porque quería abrigarme, contener algo, no sé por qué me tocaba la barriga. Seguramente para acariciar un poco aquella parte de mi cuerpo que sentía tan, tan dolorida.

Al cabo de media hora llamaron a la otra mujer y un rato más tarde me llamaron a mí para que pasara a la sala del ecógrafo.

Una muchacha de bata blanca me dijo que me tumbara, que me quitara las bragas, que bajara un poco más el culo, y se marchó.

Al cabo de diez minutos me levanté, caminé un poco alrededor de la camilla. Había dos puertas, las dos estaban cerradas. Me habría fumado un cigarrillo, pero no lo tenía en la bata y seguramente no habría querido echar humo allí, un sitio tan aséptico. Me volví a tumbar. Y después de un rato apareció el médico para hacerme la ecografía. Me pareció bien al entrar, porque saludó, porque se sentó delante del ecógrafo y lo giró para que yo pudiera verlo. Por eso me pareció bien. Me dio la gelatina esa que nos ponen en la barriga, y me pareció bien también, porque dijo algo así como "está fría", antes de ponérmela. Por eso me pareció bien y me sentí tranquila y confiada, y bien tratada.

Buscaba y buscaba en mi barriga, y los dos mirábamos la pantalla. Me preguntó qué había expulsado, y le expliqué. Me dijo que parecía que ya no quedaba nada dentro.

—¿Eso qué es?

—Eso es el útero, eso es la vejiga.

Contestaba a mis preguntas. Y eso, tan inusual en aquel lugar, me gustaba. De repente se abrió la puerta del fondo y entró otro médico, supuse yo, porque llevaba bata blanca.

Era mayor, de pelo cano. Se sentó junto a su compañero y empezó a contarle el disgusto que tenía porque no le había llegado la invitación oficial para asistir al congreso anual de "la fundación". Y le molestaba porque eso era indicio de lo mal que estaba funcionando la organización. A nivel personal él no tenía ningún problema, era sobradamente conocido, por él mismo y por sus hermanos que pertenecían a la Dirección. Por cierto, ahora que se acordaba, tenía que traer a su mujer para que le hiciera una ecografía... llevaba puesto el DIU y le faltaba la regla desde hacía casi un mes.

No pude aguantar más y me incorporé.

—Estupendo —les grité—. Usted trae a su mujer aquí y cuando se haya quitado las bragas y le estén haciendo la ecografía pueden seguir charlando del congreso de la fundación, que a ella le divertirá mucho. ¡¿Es que no pueden imaginarse cómo se siente una mujer que acaba de abortar?!

Yo estaba de pie, terminando de vestirme. El de pelo blanco se había quedado inmóvil, sin mirarme. El otro se disculpaba, aunque yo ni le miraba. Tenía ganas de salir de allí. Pero antes iba a despedirme. Fui directamente al puesto de las enfermeras y volví a preguntar.

—¿Cuándo me verá el médico, por favor?

—Ya hasta la noche...

—Por favor, quiero ver al Jefe de Servicio.

—Ahora no está.

—Al Jefe de Planta.

—Ahora está ocupado.

—Al Director del hospital…

—Pero ¿para qué quiere verle?

—Tengo que exponer algunas quejas.

Otra enfermera que nos escuchaba se adelantó:

—En la planta de abajo tiene la Oficina de Atención al Usuario.

Bajé y busqué esa oficina. No me sorprendió que no hubiera nadie. Al lado otro despacho vacío y a continuación el de la asistente social. Una salita en la entrada con dos sillas y un cenicero de la Funeraria Siempreviva repleto de colillas.

Me senté, estaba nerviosa y cabreada, encendí un cigarrillo y miré estupefacta al fulano que entraba en ese momento. Fulano de bata blanca, claro está. Parecía furioso.

—¡Haga el favor de salir inmediatamente! ¡No puede estar aquí sentada!

—¿Y dónde quiere que espere?

—En el pasillo, ¡y aquí no se puede fumar!

Mi deseo en ese momento, debo confesarlo, fue darle una patada contundente en los cojones.

—Acabo de abortar, no me voy a mover de esta silla y voy a seguir fumando. ¿Tiene usted algo que decir?

Parece que sí tenía porque se me acercó amenazante.

—¡Le digo que aquí no se puede fumar!

—Y el cenicero lo tiene usted de adorno.

Se dio vuelta, vació el cenicero en la papelera y lo guardó en el cajón.

—Ya no hay cenicero, ¡aquí no se puede fumar y me hace el favor de esperar en el pasillo!

Era una situación absolutamente absurda, pero aquel imbécil se estaba poniendo bien a tiro para que pudiera sacar mi cabreo. Me levanté y fui hacia él apuntándole con el cigarrillo.

—Para que no se canse: ¡no me voy a mover de aquí hasta que no me dé la gana, voy a seguir fumando y voy a echar la ceniza en el cenicero, si lo pone en la mesa; o encima de usted, si no lo saca!

Creo que no le habría hecho más efecto si le retuerzo los huevos. Salió de la salita mascullando no sé qué de la mala educación... después de poner el cenicero encima de la mesa.

Al cabo de tres horas, salí del hospital con el alta firmada por el Dr. Carrasco. El informe ecográfico hablaba de un útero limpio y un aborto llevado a término. Mi marido había ido a buscarme con unas flores. Caminaba detrás de mí como un fiel guardaespaldas.

Aquellos pasillos eran largos y anchos. Sentía el cuerpo dolorido y a la vez fuerte. Solo mío. Nos cruzamos con el médico de pelo blanco que charlaba animadamente con un hombre y una mujer vestidos de paisano sobre el congreso de la fundación. Nos cruzamos las miradas, pero no nos reconocimos.

Me sentí privilegiada por estar saliendo de allí por mis propios medios. Antonio estaba a mi lado, pendiente de mí. Para él también había sido una experiencia fuerte, pero sabía que de momento estaba yo muy dolorida y que le necesitaba.

Mamá

Querida madre:

Acabo de llegar a casa. Estoy metida en la cama y aquí me gustaría quedarme, ¿cómo lo ves?

Ya me he enterado por la tele de que estáis haciendo campaña contra la ley del aborto.

Estáis dando fuerte, ¿eh?

Me imagino que estarás pletórica. Debe ser estupendo creer en algo tan firmemente como para dedicar todo tu tiempo a ello: y tú crees en la vida.

He visto las fotos que habéis sacado en los carteles. Impresionantes, oye, impresionantes. Ahora que lo pienso, yo podría haberte conseguido algunas que te habrían impresionado mucho más.

Me duele la barriga ¿sabes? Porque acabo de abortar. No sabes lo que daría por ver la cara que pones en este momento, ¿estás tapando esta carta para que nadie la pueda leer?

Mira, cuando iba a la clínica esta mañana, se me ocurrió la idea de dar una nota a la prensa diciendo que la hija de fulanita de tal (¡tú!) acababa de abortar. Iba con el tiempo justo y tengo estropeado el ordenador, así que dejé de lado la genial idea.

No te preocupes por mi integridad física, la clínica era estupenda. La atención que te prestan cuando entras es exquisita. Son amables, te sonríen, en el jardín tienes un par de guardias perfectamente uniformados, de esos que a ti te gustan... y cuando te toca, pues nada, ya te puedes imaginar: que te quites las bragas, que te tumbes en la camilla, que abras las piernas, que te relajes.

¿Sabes una cosa, madre? Cuando me pinzaron las entrañas yo pensaba en ti, en todo el odio que te tengo. Nunca me quisiste en tu barriga, y fuera de ella tampoco. Esta mañana sentí que me arrancaba de tu vientre. No querías que yo naciera, ¿verdad?

Sé que cuando ya estabas embarazada de cuatro meses aumentó tu afición por montar a caballo. ¿Qué pasa, no podías ir a Londres como en veces anteriores? ¿Es que no tenías dinero en ese momento? Porque los abortos valen dinero, ¿verdad? Cuarenta y cinco mil pesetas he pagado esta mañana, ¿cuánto te cobraron a ti en Londres las dos veces que fuiste antes de que yo naciera? Me lo contó papá cuando os separasteis y andabais a tortazo limpio por conseguir mi custodia. Yo no os importaba, es evidente, pero los dos os empeñasteis en convencerme de que "el otro" no me quería.

A papá no le he dicho nada de que he abortado. Ya se lo dirás tú, ¿verdad? Podéis quedar a cenar "para hablar de Carmela", como seres civilizados que sois. Y esa noche tú te pondrás tus pinturitas de guerra. ¿Sigues renovando tu lencería cada seis meses? Mi lencería en este momento está empapada de sangre. Creí que no volvería a sangrar, que estaba todo terminado, pero no...

De lo que estábamos hablando, de papá, de papá y de ti: muy hábil lo tuyo. Le tienes casado con esa pobre idiota que se empeña en salir en las fotos con niña y barriga. Seguro que se la buscaste tú. En lo doméstico perfectamente atendido, te lo beneficias por lo menos una vez al mes, y le tienes a tu disposición siempre que le necesitas. ¿Y el motivo para veros, incluso en público? Hablar de vuestra hija. ¿Vuestra qué?

Os debe gustar follar al uno con el otro. Seguramente eso es lo que os une, eso y la costumbre. Si estas cosas se supieran, tu imagen de divorciada y de luchadora independiente se derrumbaría, ¿no crees? Pero ni tú ni papá debéis preocuparos de nada. Estáis perfectamente insertados en el aparato, sois parte de él. Siempre que os imagino os veo follando.

¿Por qué no me recibiste, madre? ¡Yo venía de ahí, de tu pasión por mi padre!

Hay algo que no va bien. Parece que hubieran abierto un grifo en mi barriga, esto se está poniendo perdido.

Una pregunta, madre: cuando jodes con papá, ¿en algún momento piensas que de ahí puede nacer alguien como yo? ¿Lo piensas alguna vez?

Me siento fatal, muy mal... pero no me duele nada.
Te odio, mamá.
Besos,

Carmela

Mi querido hijo David

Siempre tuve ganas de tener una casa y nunca pude tenerla. Ahora, desde el cementerio, pienso en ello. Porque los muertos podemos pensar. Es lo único que podemos hacer, y debe ser un castigo. Esto debe ser el infierno.

Yo no veo a los otros muertos y no sé si todos piensan o si solo lo hacemos algunos. Pero es horrible pensar desde aquí porque la forma en que vivimos nos parece absurda, comprendemos que no hicimos nada como queríamos hacerlo y a veces sentimos el deseo: "si volviera a vivir…". Y menos mal que no podemos, porque la vida es siempre error, siempre.

Y también hay momentos de felicidad (aquí hasta a los años se les llama "momentos"). Yo tuve muchos de felicidad, pero todos fueron equivocaciones, errores míos o de los otros.

No sé si ya habrán muerto mis amores, ellos eran mis tres hijos y mi esposo. No sé el tiempo que ha pasado. Pero ¿cuántos años tendrán ahora? No debe ser tiempo aún, eran jóvenes cuando los dejé. ¿Y mi esposo? ¡Cuántos errores cometimos juntos! Desde que nos conocimos... Y cuántas experiencias felices vivimos también...

Y desde aquí otra vez el deseo: ¡si volviera a vivir...!

Con la muerte se pierde el egoísmo, otra vida no sería para gozar más, sería para dañar menos. Pero piensa, piensa que es lo único que puedes hacer... pensar.

Y David, pobre hijo mío, nació ciego. Cuando muera podrá seguir viviendo más o menos como ahora, pero ¿también él será castigado a poder pensar? Pero ¿es esto un castigo?

A veces incluso me parece estar dormida, sentir el cuerpo. No debe quedar nada de él, ¡cuántos errores me ayudó a cometer!, ¡y cuántos momentos felices me dio también...!

Es una pena que la experiencia de unos no sirva a los otros, se podría andar más deprisa, pero ni la mía sirvió a mis hijos ni a mí la de mi madre, pobre... ¿pensará ella?

Le habría gustado conocer a sus nietos, sobre todo al primero, era de su raza, habría dicho, pero más bueno. El primero fue el mejor de todos y el más feliz, quizá porque fue el más deseado. Cuántos errores... el pobre David...

Si pudiera dejar de pensar, si pudiera... Pero no, está claro, es un castigo, pero ¿por cuál error, por cuál...?

Pensemos, ¿quizá por no haber pensado bastante estando viva? Pero entonces no había tiempo, o sí... Ni aun después de muerta veo las cosas claras. Por eso debe ser el castigo. Pero el castigo pudo haber sido la muerte prematura, cuarenta años de vida es poca cosa. Pero a veces suficiente.

Sería ahora el momento de llorar, por no haber amado bastante, por no haber comprendido, por no haber perdonado, por no haber sabido conocer a mis amores. Pero las lágrimas de un muerto a nadie le sirven, ni al mismo muerto. Ni aun después de comprender que el mayor error que cometimos fue aquel que no es del todo nuestro: el haber nacido.

MATA A SU MADRE MIENTRAS DORMÍA
Zamora, 3.7.97 (de nuestro corresponsal en la zona)
Un niño de 13 años, ciego de nacimiento, mató a su madre vaciándole el cráneo al hundirle las tijeras en los ojos.

Los protagonistas de este siniestro suceso han sido un matrimonio y sus tres hijos. La muerte de la madre fue instantánea, y el padre fue herido gravemente en el cuello al intentar socorrer a su esposa. Los gritos del hermano pequeño, de 10 años, alertaron a los vecinos, que acudieron al lugar del hecho. Al parecer el niño fue despertado por los gritos de su padre.

La familia estaba formada, además, por una hija que pasaba unos días de vacaciones con unos tíos en un pueblo de la provincia de Soria.

Homenaje a mi padre

Noté que la rueda no giraba bien y se lo dije a mi padre.

—Debe ser la junta, ¡malditos bueyes!, ya les toca descansar —me gritó cabreado—. Tú no te pares, todavía quedan muchas cosas por recoger.

Nunca le guardé rencor a mi padre por lo mucho que me hizo trabajar mientras estuve a su lado. Y si con frecuencia era duro conmigo, los ratos en que se mostraba cariñoso borraban todo lo demás.

Cuando peor lo pasábamos era en el invierno, aún no había salido el sol al levantarse mi padre, y si yo me acostaba cansado, él lo hacía más tarde que yo.

Cuando cumplí los 10 años vino una época decisiva para mí. En ese entonces hubo una gran sequía que nos obligó a vender la mitad de nuestro mísero terruño para poder malcomer. Mi pobre padre andaba desquiciado. Si antes nos acostábamos reventados, ahora ya nos levantábamos así.

Yo buscaba en vano una solución que nos permitiera un poco de desahogo. Pero las ideas no venían a mí, tan inútil era.

—¿Es que piensas comer todo el día, condenado chiquillo? ¡Todo lo que comes tú es lo que me quito de comer yo!

Pobre padre mío. ¿Cómo podía yo enfadarme si tenía toda la razón? Lo que apenas habría sido comida suficiente para un hombre tenía que estarlo compartiendo conmigo.

Fue en aquella época cuando más le compadecí y cuando me di cuenta de que tenía en mis manos la solución. Porque ¿de qué me servía a mí estar viviendo de aquella forma, sin tener ni siquiera la satisfacción de quedar repleto de comida? Y bien claro lo había dicho él. Era triste pensarlo, pero la única solución era la muerte. Y si no acababa de decidirme, era porque a pesar del hambre y la fatiga, había momentos, muy breves por desgracia, en que lograba sobreponerme y soñar tiempos mejores, cosas imposibles pero maravillosas. Qué pena no poder hablar de esas cosas con mi padre.

Fue en la tierra. Era el mes de octubre y la estábamos preparando para la siembra. Yo quitaba las piedras mientras mi padre trabajaba con el azadón. Llevábamos haciendo lo mismo horas interminables.

—Hijo, coge el azadón un rato mientras me lío un cigarro...

Era la misma voz de siempre, el mismo tono, pero era la primera vez que yo le oía llamarme "hijo". Fue aquello lo que me decidió.

—Sí, padre.

Tengo la certeza de que mi voz sonó distinta porque mi pobre padre sonrió al mirarme mientras empezaba a liar su cigarro. Cogí el azadón abandonado por él, tenía que hacer un gran esfuerzo para usarlo, porque era más grande que yo. Me acerqué a mi padre por la espalda y le partí la cabeza.

Carta a la madre
(recordando la "Carta al Padre", de Kafka)

Querida madre:

Acaban de traer noticias tuyas, y, desde el otro extremo del mundo, pienso en ti. Recuerdo que de pequeña me creía todo cuanto me decías. El hecho de que tú afirmaras o negaras algo le daba a ese algo la posibilidad de existir. Eras el ser más fuerte de la Tierra, porque eras quien me sostenía.

Te habría gustado ser la mejor madre y que yo te lo dijera. Y yo te fui conociendo y queriendo a la vez que lo hacía conmigo misma. Me enseñaste a pedir lo que necesitaba: que me tocaras, que me abrazaras si estaba triste… Y tú me lo dabas. Te lo agradezco, madre. Sé que hay mucha gente de tu generación que no ha sabido nunca pedir lo que necesita.

Eras la autoridad en la casa, y se sentía. Y eras también el vientre y el abrazo más cálido cuando se necesitaba. Tú siempre estabas. Encerrada en tu despacho, de viaje, en la cocina, conmigo, con otro o con nosotros, pero siempre se sabía dónde poder encontrarte.

Nunca me obligaste a comer, y para mí la comida se convirtió en un placer. Me enseñaste a masticar: a sentir primero lo que metía en la boca, dentro de mi cuerpo de niña entonces, y en mi cuerpo de mujer ahora. Me enseñaste a pensar mientras mezclaba la comida con la saliva, jugos producidos por mí, en cómo aquella mezcla iba a nutrirme.

Me enseñaste también a pagar todas mis deudas, con el César y con Dios. Y a respetar los compromisos que adquiría. El tuyo conmigo me lo recordabas con frecuencia: "Darte formación hasta la mayoría de edad, y ayudarte a ser independiente de mí, lo antes posible".

Recuerdo perfectamente la fiesta que organizaste para celebrar mi mayoría de edad, que era festejar mi entrada en el mundo de los adultos como una más, y el "tú a tú" contigo. Y celebramos también el final del compromiso formal. Sentí que te aliviabas de un peso y que me lo dabas a mí. Ahí sentí que mi vida ya era mía. Y, a pesar del vértigo, fue un placer. Has seguido estando siempre.

Hoy me han dicho que vas a morir. Que lo sabes y que esperas tranquila el momento. Si yo estuviera contigo, seguro que me hablarías del privilegio que supone esperar a la muerte sabiendo que solo te quedan unos días. Por si estás saldando tus deudas con la vida, quiero que sepas que conmigo no las tienes. Cumpliste.

Me despido de ti tranquila, madre. Si existe la reencarnación, a lo mejor volvemos a encontrarnos. Me gustaría.

Índice

Editorial LibrosEnRed

LibrosEnRed es la Editorial Digital más completa en idioma español. Desde junio de 2000 trabajamos en la edición y venta de libros digitales e impresos bajo demanda.

Nuestra misión es facilitar a todos los autores la **edición** de sus obras y ofrecer a los lectores acceso rápido y económico a libros de todo tipo.

Editamos novelas, cuentos, poesías, tesis, investigaciones, manuales, monografías y toda variedad de contenidos. Brindamos la posibilidad de **comercializar** las obras desde Internet para millones de potenciales lectores. De este modo, intentamos fortalecer la difusión de los autores que escriben en español.

Nuestro sistema de atribución de regalías permite que los autores **obtengan una ganancia 300% o 400% mayor** a la que reciben en el circuito tradicional.

Ingrese a www.librosenred.com y conozca nuestro catálogo, compuesto por cientos de títulos clásicos y de autores contemporáneos.

www.ingramcontent.com/pod-product-compliance
Lightning Source LLC
Chambersburg PA
CBHW060406030726
47497CB00003B/871